martine

Des vacances géniales !

5
HISTOIRES

casterman

martine, un mercredi pas comme les autres

martine à la mer

martine et les quatre saisons

martine à la montagne

martine chez tante Lucie

martine, un mercredi pas comme les autres

GILBERT DELAHAYE - MARCEL MARLIER

Aujourd'hui mercredi, Martine et François, le fils du garde-pêche, se sont levés de bon matin pour aller explorer *La Héronnière*.

La Héronnière, c'est un étang avec une île au milieu.

– Tu verras des colverts, des hérons, des martins-pêcheurs, explique François. Entrons par ici. C'est plus court.

La grille est bloquée. Ce n'est pas facile de passer avec les vélos.

Sur la pancarte, à l'entrée du bois, il est écrit : « Pêche interdite, sauf le mercredi. Les chiens ne sont pas admis. »

– Et Patapouf ? demande Martine.

– Mon papa ne dira rien.

Le garde-pêche est occupé à manœuvrer une vanne qui règle le débit du ruisseau.

– Patapouf peut entrer, dit-il, à condition de ne pas déranger Trompette, la poule d'eau. Sinon, elle abandonnera son nid et les petits seront perdus.

– Patapouf ne fera pas de sottises, monsieur.

Voici l'étang bordé de marronniers.

– Est-il profond ?

– Au bord, non. Au milieu, on pourrait se noyer.

Est-ce que tu sais nager ?

– Oui, je sais… Ce camion, d'où vient-il ?

– C'est la camionnette de la coopérative.

« Les Pisciculteurs Réunis ».

– Les pisciculteurs ?…

– Ce sont les éleveurs de poissons. Ils vendent les alevins de leur élevage. Les alevins sont déversés dans l'étang… Regarde, Martine. Il y en a des centaines : des carpes, des perches, des gardons.

– Ils seront bien, en liberté dans la nature.

Ce vieux moulin à eau sert de refuge au garde-pêche.

– C'est ici que mon père range le matériel, dit François.

– Ce poisson a l'air terrible !

– C'est un brochet que mon père a pêché l'année dernière dans l'étang... Un gros... Tu vois les dents ?

François voudrait bien attraper un poisson comme celui-là !

– Nous allons pêcher sur l'île. J'espère que papa me prêtera sa canne et son épuisette.

Le garde-pêche a répondu :

– D'accord. Prenez le radeau… Et soyez prudents, les enfants ! Cet engin n'est pas commode à manœuvrer. Les canards curieux approchent. En voilà un qui s'installe sur le radeau. C'est Adémar, le canard domestique. François le connaît bien. Il vient de la ferme voisine. Les cygnes n'aiment pas être dérangés. Ils sont de mauvaise humeur.

– Laissez-moi passer ! aboie Patapouf. Je vais à la pêche.

– Si on jouait aux explorateurs ? dit François…

Ce serait très dangereux… Il y aurait des Indiens partout.

– Moi, je n'ai pas peur. Je suis Adémar, le canard intrépide.

– Celui-là, c'est le Grand Chef ? demande Patapouf.

– Mais non !

C'est Baptiste, le fermier.

Tu vois bien qu'il pêche.

Il ne faut pas le déranger.

Un radeau ne se manœuvre pas
comme une brouette. Il faut
le diriger adroitement.
– Tu pousses avec la perche au fond
de l'eau, Martine…
Non, non, pas comme ça !
La perche ne doit pas rester
enfoncée dans la vase.
– François, je tombe…
Je tombe… Retiens-moi.

Voilà Martine à l'eau.
Heureusement, elle sait nager !

François est là pour la hisser
sur le radeau.
– Tiens bon, Martine !

Tout s'arrange. Martine a repris sa place à l'avant du radeau. L'aventure continue.

– Cette bête-là, qu'est-ce que c'est ?

– C'est Trompette, la poule d'eau… Laisse-la donc tranquille ! Mon père n'aime pas que l'on inquiète les poules d'eau.

En voilà trois qui s'enfuient en courant sur les feuilles de nénuphars.

– Moi aussi, dit Patapouf, je peux marcher sur les…

– Patapouf !… Patapouf !

Quel plongeon !

Tout à coup le vent s'est levé.

Le radeau s'est mis à dériver. Impossible de le contrôler…

Cela devait arriver. Il s'est échoué dans les branches…

On ne pourra jamais le dégager.

– Nous sommes bloqués sur l'île, dit François. Comment allons-nous rentrer ce soir ?… On trouvera bien un moyen.

Débarquons ici...

– Est-ce que tu es déjà venu sur cette île ?

François dit que non.

Il a l'air inquiet. (C'est pour taquiner Martine. Mais il sait bien que l'on peut s'aventurer par ici sans danger.)

– Quel endroit mystérieux !

– On se croirait dans la forêt vierge...

– Où sont les pirates ? demande Patapouf.

– Ce chien, qu'il est bête !...

On est bien sur l'île.

Pas de dragons qui crachent le feu.

Pas de pirates féroces.

Tout ça n'existe que dans les histoires.

François a toujours de bonnes initiatives.

– On est tout mouillés. Mettons nos vêtements à sécher sur la passerelle.

Les maillots, c'est pratique. On peut patauger dans l'eau. Attraper des grenouilles. Il y en a une là-bas qui se gonfle… qui se gonfle… qui se gonfle… On dirait qu'elle va éclater !

– Tiens, une libellule.

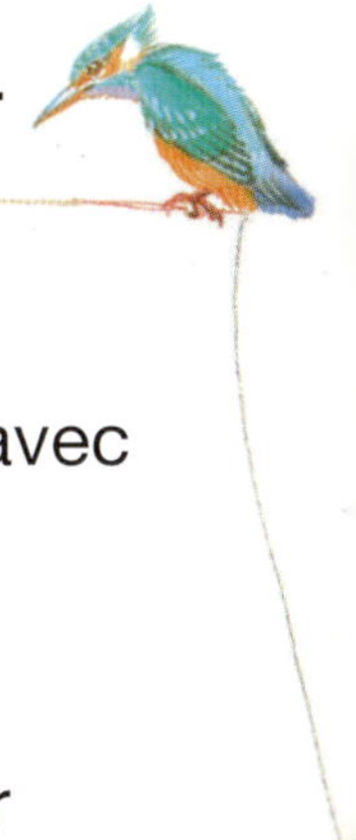

– Tout de même, dit François, j'aurais aimé attraper un brochet comme celui de papa. On l'aurait conservé dans le moulin à côté de l'autre.

– On pourrait peut-être le capturer avec l'épuisette ?

Un martin-pêcheur se pose sur l'extrémité de la canne. Il a de jolies couleurs. Quand il pêche, il plonge comme une flèche. C'est un oiseau extraordinaire. Oui, mais…

François a la tête ailleurs. Il s'interroge.

– Où est donc passé ce fichu brochet ?

– Ne t'en fais pas comme ça ! dit Martine. On finira par le trouver.

– Le voilà, ton brochet !… Je le vois.
Je le vois… Viens vite !

– Le brochet ? Où ça ?

– Il se cache dans les herbes entre deux eaux.
Là !… Il est énorme.

Martine a raison.
François n'a jamais vu un brochet
de cette taille.
Il doit avoir les dents comme des aiguilles.
On ne pourra jamais l'attraper. Quand le brochet
chasse, tous les poissons s'enfuient.
C'est un redoutable carnivore.

– Attention, Patapouf !

Il est temps de penser au goûter que maman
a préparé dans le panier.
Ce brochet ! on en parle encore :
– Ça doit peser lourd, un poisson pareil !
Un vrai petit crocodile.
– Un crocodile ?… Un crocodile ?…
Patapouf ne se sent pas très bien.
(C'est comme s'il avait avalé un os
de travers.)
– Eh bien, Patapouf ! Que fais-tu là,
sous la table ?
– Je n'ai pas faim… J'ai peur du crocodile.
– Mais non ! Ce sont des blagues. Ce n'est pas un crocodile.
C'est un brochet. Un bro…chet. Tu comprends ? insiste Martine.
La prochaine fois, tu resteras à la maison.

– As-tu déjà vu des hérons, Martine ?

– J'en ai vu dans un jardin zoologique.

– Alors, grimpe dans mon arbre. Tu pourras en observer autant que tu voudras… Ne crains rien. Les branches sont solides.

Dans les arbres, c'est chouette. On se croirait sur un voilier.

Le vent souffle. Il faut se tenir tellement ça balance. On voit loin.

Ça fait une drôle d'impression.

D'ici, on découvre la héronnière. C'est l'observatoire du garde-pêche.

Dans la héronnière, il y a
les hérons grincheux et ceux
qui ont un caractère plus facile.
– Les autres, là, qu'est-ce qu'ils
ont ? Ils sont si drôles !
– Ce sont les jeunes.
Leurs plumes ne sont pas encore
formées. Ils ne savent pas voler.

Quand le soir approche,
les hérons dispersés aux alentours
se rassemblent pour passer la nuit
dans les arbres proches de l'étang.
Il en arrive de partout.
Les places sont rares.
On se dispute à coups d'ailes,
à coups de bec.
– C'est ma place.
Poussez-vous !
– Non, c'est la mienne.
Quel remue-ménage !

C'est presque la nuit. Les hérons se calment.
Le silence descend sur la campagne.
Martine s'inquiète :

– Comment va-t-on quitter l'île ?

– Avec le radeau, pardi !

– Tu sais bien qu'il est inutilisable.

– Ah ! oui, j'oubliais… On pourrait regagner le moulin à la nage ?

– Non. J'ai peur de cette eau si noire.

– Allumons un feu.

– À l'aide !… Ohé ! Ohé !…

– Pourvu que ton père nous entende !

– Il nous entendra. C'est sûr. Il a l'oreille fine…

Le soir,
quand plus
rien ne bouge
la nature
écoute.
La nuit
s'installe.
Une nuit
de velours
et de lune.

– Mon père se doutera bien que nous avons eu des ennuis avec le radeau. Attendons-le ici. Tout est si tranquille !… On passera la nuit à la belle étoile.

Soudain un bruit de rames dans l'eau.

– Ohé !… François, Martine.

C'est le garde-pêche avec sa barque.

– Je vous ai entendus. Je me suis dit : « Les enfants sont bloqués sur l'île. Faut que j'y aille !… » Et maintenant, à la maison. Il est tard.

Ainsi s'achève un mercredi pas comme les autres.

On entend les carpes qui s'ébattent dans l'étang. Les étoiles brillent. Demain, il fera beau.

martine
à la mer

GILBERT DELAHAYE - MARCEL MARLIER

Chaque année, Martine et son amie Nicole vont passer leurs vacances chez l'oncle François qui habite au bord de la mer.

Lorsqu'on arrive à la grille du jardin, Patapouf, le chien de Martine, se met à sauter de joie. Le cousin Michel accourt aussitôt.

Quel plaisir de se revoir !

– As-tu pris ta pelle et ton seau ? demande Michel.

– Les voici. Regarde mon nouveau ballon !

– Vite, allons jouer sur la plage.

Sur la plage, on fait la course.

– Attendez-moi ! crie Nicole.

Tout le monde ôte ses chaussures pour aller dans la mer.

Que de choses à voir ! Les coquillages, les étoiles de mer et les crabes ! Les vagues éclaboussent la robe de Martine.

Patapouf saute dans l'eau comme une balle qui rebondit.

– Oh ! le joli canoë, dit Martine.

– Et le ballon rouge qui danse sur les vagues !

– Regardez mon voilier ; il flotte comme un vrai navire.

Le matin, il faut marcher très loin pour aller ramasser des coquillages au bord de la mer.

L'après-midi, lorsque Martine et Nicole reviennent sur la plage, la mer est tout près. Martine fait un château de sable.

Nicole creuse un ruisseau tout autour. Une vague arrive. Vite, on saute sur la butte et l'on se retrouve sur une île.

Pour aller à la pêche, Martine a acheté un filet. Elle pousse le filet dans l'eau. De temps en temps, elle le relève.

– Regarde, il est plein de crevettes, dit Nicole. Elles ont une petite moustache, des yeux gros comme une tête d'épingle et une queue en éventail.

– Tiens, il y a un crabe dans le filet.

– Comme il est drôle ! Il avance de travers.

– Mettons-le dans notre seau avec un peu d'eau et du sable.

Connaissez-vous Califourchon ?

C’est un âne comme on n’en rencontre nulle part ailleurs. Il est doux et gentil comme un mouton. Sur son dos, Martine et Nicole font de longues promenades au bord de la mer.

– Hue ! crie Martine.

– Ho ! dit Nicole.

Mais Califourchon n’en fait qu’à sa tête.

Derrière la maison de l'oncle François, il y a les dunes.

Elles sont hautes comme des montagnes.

Martine et Nicole aiment tant jouer dans les dunes !

– Nous allons creuser un trou. Ce sera notre maison.

– Voici ma cuisine, dit Martine.

– Je vais faire un escalier, ajoute Nicole.

– Sautons dans le trou… Qu'il est profond !

– Allons-nous jouer à autre chose ? demande Martine lorsqu'elle est fatiguée de creuser des trous dans les dunes.

– Nous ferons des pâtés de sable avec notre seau et notre pelle, répond Nicole.

– En voici un, deux et trois.

– Il ne faut surtout pas les écraser.

– Eh bien ! nous allons les vendre.

Le soleil brûle ; il fait chaud. Heureusement, le marchand de glaces arrive. Il a une trompette et une casquette blanche.

– Voici de la crème à la vanille. Elle est toute fraîche, dit-il à Martine.

– Moi, je préfère un chocolat glacé, dit Nicole.

– Voilà du chocolat, mademoiselle, avec un petit biscuit pour Patapouf.

Le lendemain, il y a grand vent. Martine et Nicole essaient le cerf-volant de Michel.

Attention, le cerf-volant s'envole. Le voilà qui redescend. Non, il remonte aussitôt. Bravo ! Bravo ! Il se balance à droite, à gauche.

– Holà, mon chapeau ! s'écrie Nicole.

– Attrape-le, Patapouf, attrape-le !...

Que d'émotions pour Nicole et Martine !

Le jeudi, Martine va faire les emplettes au marché de la ville.

La marchande a une balance comme celle de Martine,

avec deux plateaux et des gros poids en cuivre.

– Bonjour, Martine, dit la marchande.

Tu as grandi depuis l'année passée !

– Je voudrais une livre de poissons, madame.

– Voici une livre bien pesée…

Quel beau temps pour s'amuser aujourd'hui !

Tous les voisins connaissent le bateau de l’oncle François.

C’est un bateau de pêche. Un vrai bateau avec une voile et des filets.

Chaque année, il faut le repeindre. C’est un travail difficile.

– Nous n’aurons jamais fini, dit Martine.

– Mais si, mais si, répond l’oncle François.

Il suffit d’un peu de patience.

En effet, le travail est bientôt terminé.

– Aujourd’hui nous allons faire une promenade en bateau, annonce l’oncle François.

Martine a mis un nouveau chapeau. Nicole a emporté ses lunettes de soleil.

– Ici, Patapouf. Il ne faut pas tomber à l’eau.

Le moteur se met en marche, et le bateau va partir en mer.

Le bateau a quitté le port. Il commence à danser sur les vagues.

– On se croirait sur une balançoire.

– Là-bas, je vois un bateau, dit Nicole.

Partout, la mer s'étend jusqu'à l'horizon.

Le cœur de Martine bat très vite. Mais elle n'a pas peur du tout.

Oncle François est un bon marin. Il tient le gouvernail en fumant sa pipe. C'est un oncle extraordinaire.

Après une longue promenade, le bateau fait demi-tour. Il va faire nuit tout à l'heure. Déjà il faut rentrer. Oncle François accroche un fanal à l'avant du bateau. À l'entrée du port, on aperçoit une lueur qui brille comme une grosse étoile :

– Qu'est-ce que c'est ?

– C'est un phare, répond l'oncle François, qui sait beaucoup de choses. Tout en haut, il y a une lanterne ; la nuit, elle éclaire les navires. Demain, vous irez voir le phare.

Le jour suivant, Martine et Nicole sont montées en haut du phare. Le vent souffle. Il faut bien se tenir au parapet pour ne pas avoir le vertige.

– Comment s'appelle cet oiseau tout blanc ? demande Nicole.

– C'est une mouette, répond Martine.

– Regarde en bas le bateau de l'oncle François. Qu'il est petit ! On dirait une coquille de noix. Pauvre Patapouf, il n'est pas plus gros qu'une boule de laine.

Enfin, au bout de quelques jours, Martine et Nicole reçoivent la visite du facteur :

– Une lettre pour vous, dit-il à Martine.

Martine ouvre l'enveloppe : maman écrit dans la lettre qu'elle s'ennuie beaucoup. Les vacances sont finies. Il faut rentrer à la maison.

Martine et Nicole sont contentes parce qu'elles vont bientôt revoir papa et maman, ainsi que toutes leurs petites amies de l'école.

– Puisque vous avez été sages pendant les vacances, a dit l'oncle François, vous irez visiter le port avant de retourner chez vous.

Jamais Martine et Nicole n'ont vu tant de choses à la fois.

Dans le port, les camions roulent, les locomotives sifflent et les grues déchargent les navires venus de tous les pays du monde. Il y a même un remorqueur qui part en mer et, sur le pont, le capitaine crie :

« Au revoir, Martine ; au revoir, Nicole ! » en agitant la main.

martine et les quatre saisons

GILBERT DELAHAYE - MARCEL MARLIER

MARLIER

Martine vient de recevoir un joli cadeau pour la nouvelle année.

C'est un calendrier avec des images en couleurs que lui envoie son grand-père.

– Comme il est beau, ce calendrier ! Nous allons le suspendre au mur, dit Jean.

Savez-vous combien de mois il y a dans le calendrier de Martine ?

Dans le calendrier de Martine, il y a douze mois.

Le premier s'appelle *janvier*. Il commence par le nouvel an.

Ce jour-là, toute la famille se réunit autour du sapin illuminé.

– Chers parents, je vous souhaite une bonne année, dit Martine.

– Et beaucoup de bonheur, ajoute son frère.

On s'embrasse. On distribue des cadeaux. Martine reçoit un bracelet-montre, Jean, des patins à roulettes, et Patapouf, un joli panier avec un coussin.

Février n'a que vingt-huit jours : il est pressé de voir partir l'hiver.

Mais l'hiver ne veut pas s'en aller. La neige tombe.

Les chandelles de glace qui pendent des gouttières luisent au soleil et les moineaux sont malheureux.

Martine a placé un petit nichoir en bois dans le verger.

Ainsi les oiseaux seront bien à l'abri.

Après février, *mars* arrive. C'est le mois du printemps.

Mais le merle a beau siffler, siffler, le printemps est toujours en retard.

Il faut pourtant se dépêcher de préparer le jardin.

Martine sème les légumes avec son frère.

Comme c'est amusant de jardiner !

Si Patapouf continue à faire des trous dans la terre, il faudra l'attacher dans sa niche !...

Mais que se passe-t-il ?...

…Entendez-vous carillonner les cloches dans les villes et les villages ?

C'est *avril* qui revient au pays.

– J'ai vu le printemps, dit une hirondelle.

– Il est dans le petit bois, ajoute le coucou.

Comme ils sont gros, les œufs de Pâques !

Il y en a – en sucre et en chocolat – pour Martine, pour Jean, pour tous leurs petits amis.

Le jardin de Martine est en fleurs.

– Sentez comme je sens bon, dit le lilas.

– Voyez comme je grandis, fait la marguerite en se dressant sur sa tige.

– On est bien au soleil, dit la primevère.

Le pommier lance des confettis dans le vent. Les poussins courent après les papillons. Martine et Jean sont venus cueillir des fleurs pour faire une surprise à leurs parents.

C'est le joli mois de *mai*.

Au mois de mai, les fleurs, les sources, les oiseaux, toute la nature se réjouit.

Aujourd'hui, c'est la fête de maman.

Dans le salon, Martine et Jean offrent un joli bouquet de jonquilles à leur maman chérie.

– Nous serons toujours gentils avec toi, dit Martine en l'embrassant de tout cœur.

Juin. Les jours sont longs. Le soleil brûle. Sur le chemin, les fourmis courent dans la poussière. Le fermier fauche le foin. Il fait chaud, chaud. C'est l'été.

Papa a sorti du grenier la chaise longue et le parasol. Martine a mis sa robe de nylon, son chapeau de soleil. Les fleurs ont soif. Il faut les arroser.

Déjà les groseilles sont toutes rouges. Les cerises ressemblent à des boucles d'oreilles. Martine et son frère ont grimpé dans le cerisier. Tout là-haut, le vent chante et le soleil danse entre les feuilles.

– Nous allons remplir notre panier.

– Et demain, avec maman, nous ferons des confitures pour l'hiver.

Juillet. Vive les vacances !

Le papa de Martine vient d'acheter une caravane. Martine, Jean, Patapouf, toute la famille s'en va camper dans la montagne.

La route traverse les forêts et joue à cache-cache avec les villages.

Là-haut, dans la montagne, le petit berger garde son troupeau, le torrent bondit, et Barbichette, la chèvre, saute sur les pierres en agitant le menton.

Au mois d'*août*, la moisson est mûre dans la vallée.

Le fermier fauche le blé. Il dresse les bottes l'une contre l'autre.

Ainsi, on dirait de petites cabanes avec un toit de paille et un trou pour y entrer.

Il y en a partout, au pied de la montagne.

– Si l'on jouait à cache-cache ?

Martine et Jean n'ont jamais eu tant de plaisir.

C'est une belle journée de vacances.

Mais voici que les hirondelles se rassemblent sur les fils électriques.

– L’hiver est proche. Il est temps de s’en aller.

– Moi, je reste, dit le rouge-gorge.

Le vigneron cueille le raisin pour le mettre à la cuve.

Bzi… Bzi… fait la guêpe dans le verger. Là-bas, dans le bois, l’écureuil fait sa provision de noisettes pour l’hiver.

L’automne est arrivé. On est en *septembre*.

Le soleil est fatigué d'avoir brillé tout l'été. C'est lui qui a fait gonfler les bourgeons, s'ouvrir les fleurs, mûrir le blé. Sans lui, point de pommes au verger, point de marrons sur le marronnier.
Le soleil doit se reposer maintenant.
Mais pour les enfants, les vacances sont terminées. Martine et Jean vont retourner à l'école.

Pendant ce temps, Patapouf ira courir dans la campagne.

Déjà, les marrons tombent, le fermier laboure son champ, l'herbe est toute mouillée.

– Nous voilà, nous voilà, font les corbeaux en se posant dans les sillons.

On dirait des cerfs-volants.

– Allez-vous-en ! dit Patapouf.

– *Octobre* est là, octobre est là, répondent les corbeaux d'un air moqueur.

Quand vient *novembre*, le vent siffle à tue-tête, les arbres se balancent, les feuilles s'envolent.

Martine et Jean balayent les allées du jardin :

– Je vais aller chercher le râteau dans la remise, dit Martine.

– Et moi, la brouette, ajoute son frère.

– Courons dans les feuilles, dit Patapouf. C'est bien plus drôle.

La moisson rentrée, les oiseaux partis, l’hiver, que tout le monde avait oublié, revient.

Voici *décembre*. La fête de Noël est proche.

De nouveau on a dressé le sapin dans la vitrine du grand bazar.

Martine et Jean ne sont jamais fatigués de regarder les jouets :

– Tu vois, la locomotive ; elle marche à l’électricité…

Regarde l’hélicoptère…

– Et la poupée, à côté du polichinelle, comme elle est jolie !

Crois-tu que j’en aurai une ?

L'hiver, la neige tombe sur les toits, sur les trottoirs et dans les jardins. La bise gémit dans les arbres.
Pour se réchauffer, Martine et Jean ont dressé un bonhomme de neige avec son chapeau et son balai.
Tout le monde est content. Bientôt, ce sera l'année prochaine.
Le printemps va recommencer. Ce sont les derniers jours du calendrier.

martine à la montagne

GILBERT DELAHAYE - MARCEL MARLIER

MARLIER

Martine, Françoise, Jean et Patapouf viennent passer les vacances de Noël à la montagne.

Le train s'arrête devant la gare :

– Passez-moi les skis, dit Jean.

– Attention, Patapouf, il y a un marche-pied.

Martine saute sur le quai. Françoise rassemble les bagages.

Jean porte le sac à dos.

Une voiture attend nos amis à la sortie de la gare. Chacun prend place : Martine à côté du chauffeur, Jean et Françoise à l’arrière, Patapouf dans le coffre.

Et la voiture démarre.

La route monte jusqu’au village. On arrive devant un chalet au toit couvert de neige. C’est ici que Martine passera ses vacances à la montagne.

On décharge les bagages. On s’installe.

En route, maintenant, pour la piste de ski.

Le téléférique se met en marche. On dirait une grosse araignée qui se promène sur son fil…

Que penserait l'oncle Jules s'il était suspendu tout là-haut dans le téléférique, avec Martine, Françoise, Jean et Patapouf ?

Sur la piste, Martine, Françoise, Jean et Patapouf font connaissance de leurs nouveaux amis.

– Tu viens skier avec nous, Martine ? demande un petit garçon.

– Oh oui, je veux bien !

– Bonjour, les enfants ! dit le moniteur. Tout d'abord un peu de gymnastique. Une… deux… une… deux… Bravo, Martine ! Tu as fait des progrès depuis l'année passée. Je suis sûr que tu seras la première.

La course commence :

– Penche-toi en avant et lance-toi sur la piste, explique le moniteur.

Martine attend le signal du départ. Son cœur bat très vite.

Elle est toute rouge de plaisir.

Des deux mains elle s’appuie sur ses bâtons.

Elle prend son élan et retient sa respiration…

Hop ! la voilà partie.

Quelle joie de glisser sur la neige, de filer dans le vent qui siffle.

Tout paraît s'envoler : les arbres montent vers le ciel.

Le village grandit, grandit…

Attention, un virage !

Et puis, aussitôt après, le chemin descend à toute vitesse entre les sapins.

Martine ralentit pour prendre le tournant.

Elle a perdu son avance.

– Vite, repartons, dit-elle en se lançant de nouveau sur la piste.

Patapouf a décidé de la rattraper. Il court après elle. C'est tellement drôle de sauter comme un fou dans la neige ! On s'y enfonce comme si c'était de la farine.

Elle vole dans les yeux, les narines, les oreilles… Voilà une belle partie de plaisir !

En trois bonds Patapouf est auprès de Martine.

– Me voilà, me voilà, semble dire le petit chien en cabriolant dans la neige.

Martine est très en colère :

– Va-t'en, tu vas me faire tomber !

Mais Patapouf est un petit chien désobéissant.

Le voilà dans les jambes de Martine.

Mes amis, quelle pirouette !

Martine se relève, remue un bras, une jambe : rien de cassé.

Heureusement, car la course continue.

Martine reprend son élan. Elle glisse à droite, à gauche, entre les drapeaux multicolores.

Elle dépasse ses amis. Elle est la première.

– Hurrah ! Hurrah !

Elle s'arrête tout essoufflée.

Mais où est Patapouf ?

– Patapouf ! Patapouf ! appelle Martine.

À quoi bon se tourmenter. Patapouf est allé faire une partie de luge avec Jean. Jean est un garçon qui a de bonnes idées. Il invente toutes sortes de jeux et l'on ne s'ennuie jamais avec lui.

Cette fois, pourtant, Patapouf n'est pas très à son aise. Le vent lui chatouille le museau. Il voudrait bien éternuer. Mais ça n'est pas le moment !

Enfin Martine, Françoise, Jean et Patapouf se sont retrouvés.

Le soir approche :

– Prenons le télésiège et retournons au village.

Patapouf s'est assis sur les genoux de Martine et le vent les balance tous les deux par-dessus les chemins.

En arrivant au village, nos amis rencontrent la chèvre Barbichette qui s'est échappée de la ferme.

Si elle s'enfuit, elle se perdra dans la montagne et la fermière ne la retrouvera plus.

– Allons, Barbichette, rentre chez toi.

Mais Barbichette ne veut pas obéir :

– Poussons-la dans l'étable.

– Et fermons la porte à clef.

– Puisque vous avez rattrapé Barbichette, voulez-vous que je vous reconduise à la maison ? demande le fermier, qui rentre de la montagne avec son cheval et son traîneau.

– Oui, nous voulons bien.

– Asseyez-vous là, dit le fermier.

Sur ce, il fait claquer son fouet et le traîneau emporte Martine, Françoise, Jean et Patapouf à travers le village.

Le lendemain, les enfants se lèvent de bonne heure.

– Martine, Martine, viens vite ! On patine sur le lac.

– Quelle chance !

Martine court sur la route.

C'est vrai, il a encore gelé cette nuit. Le lac ressemble à un miroir.

Martine met ses patins. Elle s'élance sur la glace avec Françoise.

Jean fait des acrobaties.

Mais patapouf n'aurait jamais cru qu'il était si difficile de patiner à quatre pattes !

Martine, Françoise, Jean et Patapouf ont décidé d'escalader la montagne. Ils ont emporté la corde, les cannes et les piolets.

– Venez-vous avec nous ? demande Martine au berger du village.

– Oh non, ma petite fille ! Je suis trop vieux. C'est qu'il fait froid là-haut… Et ce petit chien sur votre dos, vous l'emmenez avec vous ?

Longtemps nos amis ont grimpé sur les rochers. Martine est essoufflée. Les oreilles de Patapouf bourdonnent comme des abeilles. Il fait froid et la neige commence à tomber.

Par bonheur, Martine aperçoit un refuge. Elle frappe à la fenêtre…

Personne… Elle pousse la porte :

– Entrons, dit-elle. Je serai la maîtresse de maison.

– Et moi, le cuisinier.

Dans la cabane, Martine a allumé un feu de bois. La lampe brille sur la table. Jean souffle dans son harmonica et chacun se met à chanter : « Vive la montagne, les belles vacances que voilà ! les belles vacances que voilà ! »

Sûrement Martine reviendra cet été à la montagne, dans ce beau pays où l'on n'est jamais fatigué de courir et de s'amuser.

martine chez tante Lucie

GILBERT DELAHAYE - MARCEL MARLIER

Tante Lucie a proposé aux parents de Martine :

– Qu'elle vienne passer quelques jours à la maison.

La vie à la campagne, c'est merveilleux.

Papa et maman ont dit oui… Martine fait sa valise et la voilà partie, des projets plein la tête…

Elle arrive chez tante Lucie. On décharge les bagages.

Aussitôt César, le dalmatien, accourt. Il aboie. Il est si heureux ! Vous parlez d'une surprise !

– Est-ce que tu vas rester longtemps, Martine ?

– Au moins une semaine.

– Chic alors ! Je vais t'apprendre à courir après la balle, à sauter, à te rouler dans l'herbe. On sera de vrais amis, tu verras.

– Il fait beau, il fait beau… Tout le monde en voiture !…

Et que ça saute !… dit Amigo.

Amigo, c'est le perroquet de tante Lucie. Il raconte tout ce qui lui passe par la tête. Il fait des clins d'œil. C'est un drôle d'oiseau.

Dans le jardin de tante Lucie, il y a un colombier qu'il faut repeindre. C'est un plaisir de s'occuper ici. Des colombes, en voilà quinze, vingt peut-être… Elles arrivent de tous les côtés à la fois…

L’une d’elles ne craint pas de se poser sur l’épaule de Martine.

Elle n’est pas farouche :

– Venez voir la petite fille sur une échelle !

– Attention au vernis ! prévient Martine.

Le chat du voisin est un acrobate.

– File de là ! disent les colombes. Tu n’es pas chez toi !

Espèce d’effronté !

Tiens, un canard est entré dans le jardin !

– Viens ici, que je t’attrape !

– Jamais de la vie… coin, coin, jamais de la vie !

– Gare à toi si tu abîmes les fleurs de tante Lucie !

D’où sort-il, celui-là ?

– C’est Pipo, mon canard. Il est passé à travers la haie, dit Christophe, le garçon du fermier. Laisse-moi t’aider. Je vais l’attraper tout de suite.

Tenir un canard dans ses bras n’est pas une petite affaire !

Il faut avoir l’habitude. Pipo n’aime pas cela du tout. Il se débat :

– Lâchez-moi ! Lâchez-moi donc ! Je n’ai rien fait. En voilà une histoire, coin, coin !...

Allons bon... il pleut maintenant !

– Si on allait pêcher des rainettes ?

– Des rainettes ? Où ça ?

– À la fontaine, pardi ! J’en ai vu.

Drinn… drinn… drinn… le téléphone sonne…

C'est maman qui demande des nouvelles.

Martine répond :

– Je vais très bien. Je t'embrasse fort, fort. Tante Lucie aussi… Christophe, le fils du fermier, est très gentil. Il a un canard qui s'appelle Pipo… J'ai repeint le pigeonnier. Hier, on est allés à la pêche aux grenouilles. Aujourd'hui, il pleut. On ne peut pas sortir. On se déguise avec les vieux chapeaux et les robes de tante Lucie. Patapouf s'amuse avec César, le dalmatien… Dans le grenier, on a trouvé un drôle de phonographe. Il marche encore…

La pluie, toujours la pluie…
Il fait un temps à ne pas mettre un chien dehors.
Quand il pleut, Patapouf est insupportable.
César ne tient pas en place :
– S'il te plaît, Martine, viens jouer avec nous.
– Je veux bien. Nous allons faire des bulles.
– Des bulles ? Comment ça ? Montre-nous !
– Ce n'est pas difficile.
Je vais vous en préparer tout de suite.
– Dépêche-toi,Martine, dépêche-toi donc !
– Minute !… Un peu de patience, les amis !…

Des bulles, des bulles, en voilà tant que vous voulez… Elles éclatent, pif, paf, sur le bout du museau. Elles sont légères comme des plumes. Elles montent, montent.
Hop ! les voilà qui s'échappent…

– Moi, dit Patapouf, je voudrais être une grosse bulle.

– Et moi, un oiseau. Ou bien une libellule. Ou quelque chose comme ça. Si j'avais des ailes, explique César, je volerais loin, loin, de l'autre côté de la montagne.

– Il fait beau, il fait beau… Tout le monde en voiture !…

– Le perroquet doit avoir raison. Hier soir, j'ai vu un arc-en-ciel. C'est bon signe, dit tante Lucie. Je vous emmène en promenade. Allons, embarquez, nous partons.

Zut ! Le démarrage est plutôt difficile.

– Que faire ?

– Je crois que j'ai oublié de mettre de l'essence dans le réservoir. Quelle déveine !

Non, ce n'était qu'un petit caprice du moteur.

Ouf !… il se met en marche !

– Si tu vas à la montagne, a dit l'institutrice de Martine, tu trouveras toutes sortes de plantes. Exactement celles qu'il te faut pour ton herbier.

C'est une aubaine. Profitons-en !

Mais surtout, ne pas abîmer les feuilles ! Elles sont si fragiles.

On dirait de la dentelle. Nulle part on n'en voit de pareilles.

Dans les herbes, sous les feuilles, entre les cailloux du ruisseau, vivent des insectes par milliers.

Les savants les appellent : coléoptères, archiptères, lépidoptères, etc.

Ce sont des noms bizarres.

Mais bête à bon Dieu, demoiselle, vanesse, belle-dame, papillon, c'est tellement plus joli !

Voici déjà le soir… C’est l’heure de rentrer.

– Tiens, la chèvre là-bas s’est détachée. Il faut la rattraper.

Trop tard. Elle a disparu.

– Courons prévenir le fermier.

– Attends-moi, Martine !

Martine revient sur ses pas :

– Dis donc, Christophe, tu es tombé ?

– Je me suis accroché au fil barbelé !

Au loin, tante Lucie appelle :

– Hé, ho !… Les enfants… Hé, ho !…

– Voilà, voilà, on arrive !…

De retour à la maison, tante Lucie répare les habits déchirés.

Christophe a les genoux tout égratignés.

– Laisse-moi te soigner, dit Martine, sinon qu’est-ce que ta maman va dire ?

Tout de même, on a passé une bonne journée !

– Crois-tu que la chèvre s’est perdue ?

– Oh non ! Elle connaît le chemin.

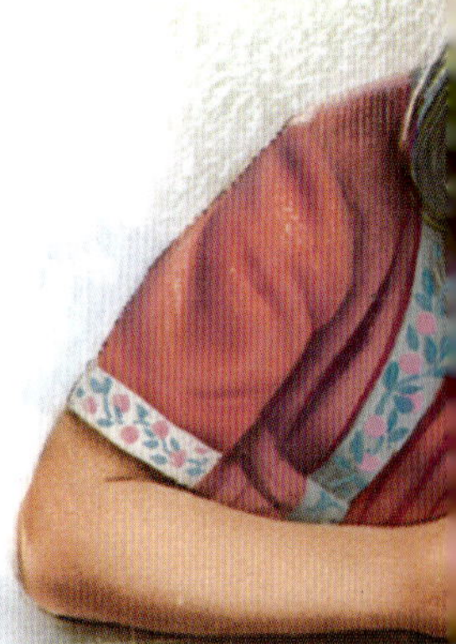

– Tu vois les fleurs que j’ai cueillies dans la campagne ?

– Que vas-tu faire avec tout ça ? De la tisane ?

– Non, je vais confectionner un herbier.

– Un herbier, qu’est-ce que c’est ?

– C’est une collection de plantes. Le plus difficile, c’est de les conserver à plat.

– Comment t’y prendras-tu ?

– D’abord, je les mets sécher comme ça entre des feuilles de papier…

– Et après ?

– Après, quand elles sont bien sèches, je les colle dans mon album. Je marque le nom de chaque fleur au bas de la feuille et l'endroit où je l'ai trouvée.

Avec les plantes de Martine, tante Lucie a réalisé aussi ce délicat sous-verre. Elle le lui donne comme souvenir.

Finies les vacances chez tante Lucie. C'est papa qui sera surpris de voir l'herbier de Martine. Il n'est pas complet, bien sûr, mais ce sera pour une autre fois. Il y a tant de fleurs à découvrir dans la campagne !...

On se quitte bons copains.

– Est-ce que tu reviendras bientôt ?

– Mais oui, Christophe, répond tante Lucie. Martine reviendra aussi souvent qu'elle voudra.

http/www.casterman.com
D'après les personnages créés par Gilbert Delahaye et Marcel Marlier / Léaucourt Création.
Achevé d'imprimer en janvier 2010, en Malaisie.
Dépôt légal : Juin 2009 ; D.2009/0053/319.

Déposé au ministère de la Justice, Paris
(Loi n° 49.956 du 16 juillet 1949 sur les publications destinées à la jeunesse).